曾庆文 著

在有无之间

云南出版集团

云南人民出版社

图书在版编目（CIP）数据

在有无之间／曾庆文著. -- 昆明. 云南人民出版社，2023.3
ISBN 978-7-222-21198-8

Ⅰ.①在… Ⅱ.①曾… Ⅲ.①诗集-中国-当代 ②散文集-中国-当代 Ⅳ.①I217.2

中国版本图书馆CIP数据核字（2022）第187005号

项目策划：语汇文化
责任编辑：杨　惠
责任校对：马跃武
封面设计：钟　波
排版设计：小　金
责任印制：窦雪松

在有无之间

曾庆文　著

出　版　云南出版集团　云南人民出版社
发　行　云南人民出版社
社　址　昆明市环城西路609号
邮　编　650034
网　址　www.ynpph.com.cn
邮　箱　ynrms@sina.com
开　本　720mm×1010mm　1/16
印　张　12.5
字　数　160千
版　次　2023年3月第1版第1次印刷
印　刷　成都现代印务有限公司
书　号　ISBN 978-7-222-21198-8
定　价　78.00元

云南人民出版社微信公众号

在白云中浮动的诗句

—— 序曾庆文诗集《在有无之间》

华万里

　　读庆文的诗集，如同仰望天空，看诗句在白云中浮动，时来时往，忽轻忽重，恰似永久在，仿佛有无间。

　　此际，我在云南玉溪过冬。看云南的云是七彩云，想重庆的云是莲花云或者鱼鳞云，甚至豆花云。而俯首看庆文诗页上的云，是文字云。这些云，形态各异，寓意不同。有的像都市状，有的像乡村形，有的像爱情幻觉，有的像哲理沉思，有的像浮生梦影。它们在多个愿望和一个距离间往返，不厌倦且不可磨灭。它们悠闲自在，可以在心志中卷云而来，卷云而去。它们偶尔相聚，时常擦肩而过，拥抱和交谈都在须臾。它们静美、欢乐、轻快，白得如同对蓝天的纯洁问候。它们那么匆忙，又是那么的宁静。

　　我读诗歌，除了把情感和真实性放在第一位外，就是看重诗歌品质。铁凝说："诗歌是文学的魂。"而我，可以这样比喻：优美的诗歌是瓷器上品、丝绸名缎、茶类佳茗。在这部诗集中，庆文除了注重诗歌品质外，在表现手法方面，还给出了三个重要显示：思想的现实性、题材的多样性、表达的古典性。如果把写诗比作建屋，它们就是基础、支柱、横梁、盖瓦。假若轻视了这三性，缺少了它们，诗歌就成不了广宇，而是一滩稀泥。

　　看白云依山，云根着地，极接人间烟火气。这让我联想到庆文诗歌中的思想的现实性。写诗不是放弃思想，背离现实，而是想中有想，思中有思，悟出社会与生存的真义。现实性不是把时代和诗人割离，不是高蹈的做派，而是对社会的深入洞察，是心理能力和笔墨属性的加强和析分。关于诗歌的现实性，是为不少当代青年诗人所忽略或背向而行的。庆文坚持现实主义诗人的写作，紧跟诗随世变、人随诗行，避开了虚妄的迷雾，对强烈情感和平静气氛把握有定，脚踏实地，顾盼有致，吐纳有依，让时代感和生活气息扑面而来。他的《喊两声》，写母亲挣扎于病榻，深更半夜于绝望中喊两声，第一声是"喊阎王爷"，第二声是"喊老天爷"，两个"爷"冷酷无情，无论怎么喊都没有回应。可怜了暮年之末，人性之弱。于是，诗人发出痛号："这一声喊，身上的骨头／嘎嘎地裂／这喊两声，我的泪水如血珠，一滴一惊／一滴一碎"。他写《跪在汶川》，为"5.12"地震死难者致哀，并默默自语："祈祷，再祈祷，我愿身为香烛／对着殇的落日，对着还蒙在鼓里的天／跪下，虔诚如许"。这一跪重千斤，如救赎，如超渡，如减羞愧。他写《活在有无之间》："这个尘世／人和路一样／匆匆往前赶，又急急往后退"，时晴时雨，时梦时幻，无可奈何，但又还得寻寻觅觅，挣挣扎扎，继续前行。于是发出身子阴沉、光芒无多、该为自己焚香了的余音。他写《逍遥令》，其实他怎么逍遥得了。最后，也徒有伤悲，留下这样三行："白发飘飞，像我驾驭神话／活在人间／出其不备的反光里"。他还写《三峡纤夫》《想父亲》《搬新房》《川剧变脸》《每每想起重庆的吊脚楼》《生活片断》《滑过》《注定》《我活在自己快乐的泪光里》《落日》……其中，诗人用了制造形象、拉近感官、以共感引出共鸣的多样手法，完成了抒情的统一性。诸多人物场面，如写生画，似浮世绘，让人频生惊疑：这人性是安享？是折磨？抑或是现实的铁石头、魔幻镜？

看云有五彩，变幻万端，散发出文字的绚烂色彩。由此，我联想到庆文诗歌题材的多样性。他深知独木难成林，一花不是春。单调即枯燥，多角现复影。他既写当下，又写从前。既写城市，又写农村。既写边塞烽烟，又写异地风光。既写玄奥之悟，又写信步之游。既写庙宇圣者，又写市井人物。既写社会复杂，又写认识深浅。既写人生紧迫，又写逸致闲情。他既言说，又抒情。他挥笔作臂，额生三眼。他铺纸为敬，诗来八方。我读，我吟，不禁看见庆文浮想联翩，忆及我国古今的诗坛高手，他们在题材的多样性上，各显机杼，展现出种种姿态，类类假设，门门疑问，般般赞美，样样惊叹。每当写大怀壮志，如立泰山之顶，高高昂昂地指日问月，想象着让灿烂的灵魂生辉。或者写山水性灵，傍悬崖之松，莽莽苍苍地识云辨雾，但不在悲伤的深渊里戏水。或者写爱情恋意，于花园侧畔，潇潇洒洒地飞文扬字，却并非要在梦境的边缘呓语。或者写乡土风光，漫游于阡陌畦垄，飘飘逸逸地点麦染荷，但绝不是想在五谷的身边滥情。这些原欲的冲动、崇高的问询、奇特的想象，如天降花雨，地吐金莲，打动着他，影响着他，启发着他。顿时，不但将他，也将我和诗歌更为密切地融合。同时，把我与庆文的诗歌介绍和赏析，拉得更近。

　　本文的重点，放在言说诗歌题材的多样性上。先看看，在多样性中，庆文是如何写社会与人生，如何层层剥笋、次次砸壳，让内里的笋肉和果核显现无遗。那么，就先读读庆文的开篇作《自画像》吧。"一米七多的个子／椭圆脸，鼻梁中正，戴眼镜／影子斜斜长长像杆枪／细瘦的笔身托起偏移的颈椎／匍匐在冰凉案面／画勾勾／画圈圈／画生存抛物线……／喜谈欢乐／不爱说忧伤／春去城东赏樱，夏去城西观荷／偶谈风云／闭口不提人生如梦／有时被狐狸骗了，还要给它／送只鸡／有时格外清醒／过早把黑夜当成黎明／每每临风感喟——／我：活脱脱像人"。这幅自画像，我把它定为素描，线条有情，笔触及魂。全诗可以分为三个部分：第一部分，勾勒出庆文的形象。其中有这样一句"影子斜斜长长像杆枪"，因为他当过兵，所以语出自然，比喻特殊。第二部分，把他工作时的情态和业余闲致，运用对比的方式，刻画出来。前是把自己的工作戏谑性地说成是"画勾勾／画圈圈"；后是谈下班后，或者节假日和周末，"春去城东赏樱，夏去城西观荷"，顺便谈点对欢乐与忧伤的认知。更为可贵的是他尊重存在，看重光阴，不恋浮华，志在有为，"闭口不提人生如梦"。第三部分，紧缩收笔，画出他的此生不是"鬼"，并临风感叹："我，活脱脱像人。"实笔画实相，虚笔画虚生，不诡其我，不异其理，笔随意变，意助笔韵，真功夫也，实实在在的佳作。《我想好了》，也是一首摆脱尘埃、从沉重中悟出通透的上等短制。"我想好了，我要和春风相拥／和心爱的人一起缠绵／和诗歌一道闪光／和鸟儿一同鸣叫，和阳光一样朗照／这样就好了／我咀嚼忧伤，感谢美好／我成全了／自己的夙愿——／生得卑微／卒于高尚"。通篇简洁风雅，见从己出，气顺意畅，天籁自鸣。四个"和"字紧贴情感线，把文字的"珠子"，从头到尾串连，增生出旋律之美。他悟得通透，想得深远，不追求位高权重，不羡慕巨贾粗财，只想亲近自然、爱情和诗歌，远离忧伤，结交美好。然后，醍醐灌顶，成全心愿："生得卑微／卒于高尚"。虽不字字成碑，却也可以作用于了然人生的座右铭。他写《听老板娘广告时过其摊位》，揭露老板娘美貌后的欺诈手段，以及购物者实则买美而非购物的丑陋心理。"我的神哟／我的仙！有人／听得目光发岔，两腿软／为什么？只为灵魂走窍，老板娘乖"。哦哦，一个抛钩，一个贪食，两不相怪。他写《圈子》《骗子》《毁灭》《忏悔把我的一生磨平》……直到写《告白》时，了悟突现："这世间，最长的告白／除却光阴／只剩下爱，与被爱　／／银河，没有左右岸／天空若书页／为欢聚，为团圆，为盛筵，枉自／飒飒地，翻"。至此，他更看得明白：社会如超市，人生似货客。匆匆忙忙，皆为谋利；熙熙攘攘，皆为欲望。他写，他哭，他笑，他啼笑皆非，他深深陷入无奈之中。

庆文的边塞诗，也是他多样性作品中的扛鼎之作。他曾卫戍西北边陲，饮冰卧雪。他熟读唐代边塞诗，热爱边塞诗人王昌龄、岑参和高适。这三人，对他影响甚大。他从军期间，时常面对着风拍雪山、鹰翔高天的时空，大声朗诵："北风卷地白草折，胡天八月即飞雪""君不见走马川行雪海边，平沙莽莽黄入天""不叫胡马度阴山""不破楼兰终不还"……由此，让他的边塞诗，充满了浓烈的现代气息，贯入了厚重的古典韵味。请读他的《西出阳关》："西出阳关 / 正好阳光当道，关色示好"，当头即以英雄化的浪漫主义，披襟迎风，打开主题。接着，他"飞身 / 下马，斟 / 且邀约那个把酒当歌的王昌龄 / 喝上一程"。于是，气格大开，以酒为引子，展开层层递进的抒发。"这一程，注定 / 悲喜交加电闪雷鸣，鞭指戈壁 / 额触雪山，衣带夜雨""这一程，追忆湮灭的族祖 / 荒废的隋唐 / 屯兵百万，金戈铁马 / 也奈何不了 / 纵横干涸的湖泊和河流 / 风沙掩埋貔貅""这一程，沿丝绸之路 / 历心灵长途 / 驼铃响过无数废了的烽火墩"。这一程又一程，这一咏又一咏，让庆文风骨大显，发出总结性的肺腑之音："西出阳关 / 已是喝过千杯万盏，一壶酩酊之后 / 醉眼看天 / 我再走，就是，满含 / 悲壮史事的玉门 / 就是灿灿然 / 落日边，箫声引故人"。长吁短叹，入乎其内，出乎其外，风物无量，断是个性使然。他的《高原魂》，写出了"雄心壮志，宏略大韬，吸即霓虹 / 呼即雷霆 / 挥戟处，忧伤也铿锵"的大情怀。他坦言，"我是你的壮烈 / 灵魂的部分，枪剑的再造"，发誓"守护在高原 / 日为太阳，夜为月亮，将边陲 / 寸寸照耀""喝令风的这一刀，砍过去 / 不偏不倚 / 刚好切下大漠风中 / 多出的狼嚎"。以极具张力的造句，直抵他的心声："高原魂，唯有你 / 高而浩荡"。他在《大漠》中，将前人诗句幻化为"大漠孤烟，我不写直 / 也不写 / 诗中落日圆"，既睿智，又富有乐趣。又如："戈壁比我的幸福宽 / 胡杨比我的痛苦硬"，"我曾在准格尔盆地，试图用枪声 / 刺探宁静，用山丹军马场 / 借来的勇气 / 拓展行程万里 / 耗时39天，终于穿越 / 山外山，滩外滩"，"转了一生，也没有转出来 / 大漠，还在大"……这有声之画，这画中之诗，不但传达出庆文胸中的大漠气概，而且还有一种耳目一新之感。他的《落日情》，哀婉、悲壮。在"千里奔袭，野马归／一片山峦拉开距离，想象的近／其实远""在这血色黄昏，通透的红／红得好似杀伐场／又像五花八门的神，光宗耀祖地／一起垂泪呢"。此不啻天降经验，人获技法，纸上出现滂沱诗痕，似潇潇声凝固，如沉沉梦醒世。"竟拟古人，何处着我？"四顾苍茫，"正天向西斜，落日大如轮"。另外，他还写有《在青海》《到西藏》《西夏祭》《喜马拉雅风口》，等等，虽然抒写不同，但始终是在言志。

爱情诗，在庆文的多样性题材写作中，也是不可忽略的一个方面。他把爱牢记在心，把情付与歌咏。爱离了情，犹如枯木；情失却爱，状似呆鸟。他的爱情诗，情真情深，感人动人。他在《春思》里，回忆"携手旅行／迎山水怡乐，抛忧伤于云间／看她如好花／伴她不是梦，而是／我的：春"。一路上，他听她的说话，像燕子呢喃。他看"她飞扬的秀发如柳丝"，感到了"我有飘逸"。这不仅是一种藕丝相连，更是心心相依的感应。而在诗末，躺在和煦的草地上，他的灵思居然破石而出，感悟出了这样的金句："春光似剪刀／修整着一树玫瑰"。然而，低首沉默之间，他的悼亡诗章《长岭凼祀》，如同长长的祭幛，拂过巫山十二峰而来，降于夔门，落在一个叫"长岭凼"的坡上。幛是纯白色，幛上的字呈乌黑色。念一句，催泪；念两句，催心；念到十来句，"江水受制压抑，哭声一泻千里"。庆文在翻江倒海的绞痛中，用"僵冻的手，焚烧纸糊的花衬衣／条纹裙，丝围巾"，因为，这些是她生前的最爱，也是他的最后祭献。"扎着马尾辫，说话细声／再细声"，栩栩如生。他因"仍是往昔的美，丢却／多余的冷"。他因"惦记前世的好"，才写出了如此感天动地的诗。诗人的天赋之一是冥想，庆文的冥想在此凝为哀痛。今日已结果，往事难卷叶。爱情是庆文诗歌的永恒主题，即超越时空和超稳定性的抒写，它使诗歌具有了持久的可读性和不衰的魅力。庆文有爱，爱因他而长存。

看云高云低，云去云回，云思云语，都带着天空古老的隽永味。这让我联想到庆文诗歌中表达的古典性。中国古典诗歌是中国新诗的根。20世纪80年代，中国诗坛流行"八字真言"："纵的继承，横的移植"。"纵"指中国古典诗歌是一棵大树的主干，是传统，必继承；"横"指外来的西方诗歌，仅为横向的枝叶而已，供参考，可移植。谁离开了主干，谁就没有了传统；谁看重了枝叶，谁就会因小失大。庆文诗歌的古典性，不是食古不化，而是"古不陈旧，新不离本"，紧贴时代。具体表现在他诗歌创作中的意境、结构、断行和押韵的追求和讲究上，达到了诗风清丽肃穆、语言坚实凝练、形式稳固厚重和节奏紧凑明朗的效果。"风好摇，桥把我抬高／湖水如明镜／我对着天空喃喃自语——／海枯石烂／以身相许：无悔"；"临暮，我如云下山，化入江涛／听浩叹千叠／把明月揣入衣袍／鸟声重／风湿襟"；"立定峰顶，放眼俯瞰——／落日如盘／长河似线"；"不眠的月夜，晴空无尘／我感到浩瀚／静静展开／漂泊之路，没有驿站，只有冷风中／夹杂着哒哒的马蹄声／唯孤笛可闻"；"同友人一道遥望巴山／共话西窗烛／推波逐浪，笑不成言"；"当光涌起／像一种动荡，船在渴盼灯盏"；"暗得忘了／只对天堂细说／缓缓到来的蓝"……时时处处，字字句句，古典味十足，令人想起古诗中的边塞、怀古、重阳、驿站、送别、夜泊……思接千载，令我击案称快。

庆文坐拥云城，布云为诗。他写《三亚的冬天》《眼前的郎木寺》《伫立草堂，想起杜甫》《在梁平大坝》《这一夜，库尔勒》等之后，又写《巴黎圣母院》《瓦津基公园》《竞技场》《瓦尔登湖》。他写《悟易经》《书·盘庚上示》《梦呓：话天命》《子时》之后，又写《致敬大白菜》《信步游》《独坐》《觉醒》。他写了《我对鲜花充满向往》等之后，又写《墓志铭》。云密云疏，云翻云静，衬托出了他诗歌题材的多样化和广泛性。

　　我的这篇序文，意在以云起兴，以云说义，以云托诗，以诗颂云。云，以江海湖泊之水蒸腾至上而成；云，在天化雨，飘扬而下润地。云，如是往返升降，循环不止。云，在地为重，在天为轻。云之为云，已入玄妙之门。庆文的诗，饱含云的哲理，充满云的禅意。"八千里路云和月"，可象征他诗中云的厚重；"云想衣裳花想容"，可比喻他诗中云的轻盈。庆文知警觉，他没有迷失在云里雾里，云过见青山。我对庆文的诗歌作出了这样的结论：境界开阔，情感真实，词语朴雅，意象奇特，物我无间，古典味醇，有异他家，自成风格。

　　最后，赞颂几句。看诗句在白云中浮动，白云中起伏着诗句。此时，云在青天水在瓶，庆文已在有无间。他一身诗歌性，成了一个真真正正词语做成的人。

2022年2月20日于云南

"短诗"大境界

王　山

今年北京的小寒和大寒比往年多了些许滋味，遐想间，彼此呼唤、呼应，或不约而同或不期而至地将小若梅花花瓣的雪，洒满了京城的每条街道和千家万户的屋顶，落成了千年城邑最大最宽阔的白色舞台。守着这样的日子，为庆文的诗"说文解字"，止不住怀想连连。

王国维曾言及诗词的三个境界。他认为，"古今之成大事业、大学问者，必经过三种之境界。'昨夜西风凋碧树，独上高楼，望尽天涯路'，此第一境也；'衣带渐宽终不悔，为伊消得人憔悴'，此第二境也；'众里寻他千百度，蓦然回首，那人却在，灯火阑珊处'，此第三境也。"无疑，这第三境是诗词的高峰，深邃绝妙，目及沉浸却要付出艰辛方准进入。

庆文喜爱诗，也喜欢摄影，都颇有收获并结下不少硕果。但依我看来，二者之间，他犹以诗为甚。数十载耕耘，尽管工作和生活事务繁冗，但从未怠慢。他几乎以每日一诗的速度构建他的诗歌王国。

对于"每日一诗"，早些时候就有颇多的争论。印象最深、火力最集中的一次争论记得是在2015年5月中国现代文学馆举办的某诗人诗集研讨会上，数位诗歌评论翘楚对这部诗集的作者倡导的"每日一诗"提出了婉转而不失严厉的批评。他们一致忠告，诗不是流水线下的产品，不应该定量定产，赋予它的生命的，唯有真情和艺术的极致，才能打动到诗的读者。这些批评家在会上几乎都推举了贾岛对诗苛求的严肃，以期纠正这位诗人走出"每日一诗"的"桎梏"。

从诗学本身而言，"每日一诗"固然值得商榷，但不值得聚焦乃至麇集群儒雄辩一二。诗是犹如片片雪花，作别天空，落在地上，就是洁白诗句迭起的千姿百态的雪景。一言蔽之，"每日一诗"，与诗歌本身无任何瓜葛，它只是一个诗人对诗的写作态度，仅此而已。

不管有意无意，想必庆文亦养成了"每日一诗"的写作习惯。他的这部诗集，是他2020年、2021年两年"每日一诗"的作品选萃，其中有部分日期作品未选入，我并不认为是这些日子庆文暂时搁置所致，而是庆文在选稿时，因某种原因悄然抽去。由于庆文的这些诗很多是以第一人称开始他的诗故事，所以读他的诗，就是在读庆文的"日记"，字字句句是庆文生活、工作的"受想行识"的"血肉"，是"受想行识"的"相"。

"诗和远方"这个由单字名词和单一名词偶然组合的词组，甫一横空出世，便生逢其时，备受青睐，时至今日仍持续人气。这简单又抽象的概括，不仅符合当下语境的生态，且符合人们对未知世界寄以美好期许的心理；"诗和远方"是对未来"无限集"的无独有偶的若隐若现的快速捕捉。

多年前有记者曾在一次诗歌活动中采访我，到哪里寻找"诗和远方"？我当时不假思索地直接告诉这位记者，"诗和远方"无时无刻地在每个人的左右，在每个人的工作、生活之中。今天读庆文的诗，又一次坚定了当年我对"诗和远方"的解答。庆文在忙碌纷杂的工作和生活当中，拥有一条通向"诗和远方"的天梯，用他独到的眼睛，发现属于这个时代的"诗时空"，以自己的讴歌方式去记录、去传达。

因诗是劳动者创造的歌，故在所有的文学门类中，诗歌当是历史最久、最具时代和民族性的。由"诗三百"到唐诗、宋词、元曲，以及现在的新诗，纵观数千年浩荡诗歌长河，无论诗歌的表现方式如何演变，但诗歌永远是中华民族传统文化中最重要的组成部分。新文学是从新诗开始的，确切地说，它滥觞于1916年。我更倾向把新诗叫作现代诗，百岁之后，新诗之谓已不尽妥帖。

现代诗的最大魅力在于它的标准的"留白"，也即"诗体大解放"，尤其是长短的"随意性"——当然这种随意性是隐藏的随意，它的长短，是根据每首诗内在的诗意生长随机取舍的。

庆文的诗很短，大多数都是20行内的短诗。

坦率说，我喜欢短诗。必须声明，我绝不反对长诗——现代诗是个开放的大舞台，当诗人胸怀国家、民族、时代时，它包容一切，包括一切，兼容一切，兼顾一切。

但短诗绝对不是小诗——古今中外，尚无人以长短来衡量诗歌的大、小，来论诗歌的光华和成败，来决定诗歌的流传。诗的基本属性之一是高度凝练，要求诗的语言文字穷尽浓缩。浓缩显然是诗歌张力内在的核力，是诗的波澜，甚至是骇浪。浓缩的表面虽然是语言文字，但其实质是浓缩的一个伟大民族和时代的情感、智慧、爆发力。

有一个公认的事实，由于短诗体量有限，因而就写作而言，更需精益求精，更难驾驭。往往这些短诗，具备了诗歌的大境界——不因短而湮没了磅礴气势、气度。

庆文将自己的诗歌创作实践置身于短诗，就是对自己的诗歌之路提出了更高更艰难的要求。他一定深谙"观水有术，必观其澜"的道理；短诗的魅力在能瞬间调动文字的灵光，直抵人的内心。庆文做出了此种选择，确切地说，他已经觉悟对中国古典诗词精髓的继承之道。

"新诗的发展，要顺应时代的要求，一方面要继承传统诗歌的传统，包括古典诗歌和五四以来的革命诗歌的传统，另一方面要重视民歌。诗歌的形式，应该是比较精练，句子大致整齐，押大致相同的韵，也就是说具有形式是民族的形式，内容应该是

现实主义与浪漫主义的对立统一。"借庆文兄新诗集出版在即，
与庆文兄、与诗人、与读者共勉。

　　是为序。

2022年2月16日于北京
（王山，中国诗歌学会常务副会长兼秘书长）

目 录

自画像

一米七多的个子

椭圆脸，鼻梁中正，戴眼镜

粘贴笑脸

影子斜斜长长像杆枪

细瘦的笔身托起偏移的颈椎

匍匐在冰凉案面

画勾勾

画圈圈

画生存抛物线……

喜谈欢乐

不爱说忧伤

春去城东赏樱，夏去城西观荷

偶谈风云

闭口不提人生如梦

有时被狐狸骗了，还要给它

送只鸡

有时格外清醒

过早把黑夜当成黎明

每每临风感喟——

我：活脱脱像人

而不是神

2020.1.1

子 时

入睡难，难在想入非非
往前是昨天的累
往后是明日的忙，而此际
熟睡了，尘世
多么温馨啊！对或错，渐次朦胧
最惬意的是
一朵子午莲，开宽了
我的梦境

2020.1.11

谁醒着

满屋的人，像无数只喜鹊

叽叽歪歪地乐

一室麻将声，清脆入耳，如同

纷纷碎了瓷勺

有人怕输，手在发鸡爪疯

呈点状地抖

有人捏紧麻将，担心财运跌落

满桌惊悸之心

易于拿起，难以放下

看似都醒着，实则稀里糊涂

哗啦啦的搓牌声中

唯那位似睡非睡者

打得最为清醒

因为搓牌时，他在想诗

手攥一块

方形的天空，举在眼前，凝视了

半秒，顿时忘了输赢

惊醒于，飘在

桌面的落寞

2020.2.16

中草药自述

苦尽甘来

我活在自己的药性里

风的中间，夜的心间，草的田间

尽情生根开花，凝聚雨露气息

受日精月华，天地浸润

白芍、黄芪、杜仲

当归、枸杞……

以克计量

号脉昆仑，处方秦岭

接受搓揉，捶打，碾压，水浸

炮制，煎熬

或通经络

或健骨骼，或达脑，或入心

各显神威，齐奏功效

我的名字，活在自己的艰辛里

活在《本草纲目》

甘带苦来

药性自醒

2020.2.21

独 坐

独坐
我不蜿蜒，但思绪万千

嘉陵江的夜是漆黑的，而月想亮
偶尔也散发出星星点点

当光涌起
像一种动荡，船在渴盼灯盏

操舵、打桨，回望中
鳞次栉比的城市，像我错落有致的悬念

带走杂乱无章的风
留下欲说还休的人

2020.3.21

觉 醒

吃出来的病，不怪嘴巴

不怪碗中盛着的饿

筷子上高挑的馋

也不能怪消化道，怪舌头

怪口腔，怪酒水可如

飞流直下

怪热爱填满贪欲和烈焰的胃

而只能怪自己

忘了粘贴节食单，素菜谱，养生经

这些，听起来的乱

更不能去怪参照物

怪耳神经

怪看不惯的厨师，怪食风沦丧

如果还要怪

就怪华筵，聚餐，痛饮

就怪妙不可言的造物主啊

在生时，让我肆意饕餮

待入土后

也许会毫无顾忌地向上吐逆

噢！终于觉醒了

而今，我望着天空如桌面，已经不在

梦的梦中

2020.3.22

大　漠

大漠孤烟，我不写直

也不写

诗中落日圆

只写看得见的，不是虚空

也不是，雁过拔毛留下的痛

比如：戈壁比我的幸福宽

胡杨比我的痛苦硬

比如：星星，见着了一辈子

却一辈子也够不着

如果真有

也是旷古一世的一粒孤单

比如：湖泊

无论怎样变幻，只能把心悬着

像明镜一样沉默

似见非见，照妖也照人间

我曾在准格尔盆地

试图用枪声

刺探宁静，用山丹军马场

借来的勇气

拓展行程万里

耗时39天，终于穿越

山外山，滩外滩

惭愧呀，最后，我只迈入了

一个球体的边缘

转了一生，也没有转出来
大漠，还在大
而我，直到今天，仍然
不停歇地
在跟随着太阳和风声
转圈圈

2020.3.25

落日情

千里奔袭，野马归
一片山峦拉开距离，想象的近
其实远
正天向西斜，落日大如轮
逆风吹
闻到了戈戟的铁锈味
我用手往上撑，天就近
眼圈浸染曙色
全身金荧荧
在这血色黄昏，通透的红
红得好似杀伐场
又像五花八门的神，光宗耀祖地
一起垂泪呢！此时
孤雁长鸣
时间被框入四顾的苍茫中
但怎能忘了——
夕阳正好
记忆如同生光之石

2020.5.25

活在有无之间

尘世有约，该为自己焚香

无论晴雨

或只剩下光芒放射

此处阴沉的身子

像前方的烟囱——

为了活得体面而更乐于性感

它赤身裸体地耸立

任光和电

肆意地碾磨和招展。它不笑

也不言

任风来云去

在似梦似幻之间

这个尘世，人和路一样

匆匆往前赶，又急急往后退

久晴盼雨

久雨盼旱，有时想无

无时想有

人心比天满，似年少斗蟋蟀

抖落星星数黎明

唉唉！这个

尘世的无中生有

有中生无啊

让石头化水，冰成黄金

时而蚂蚁比象大

时而深恨比爱浅，我晕，真晕

无法释去

捷足登攀留下的种种遗怨

有鸟飞着飞着

就失去翅膀，无端坠落

有门忘了我的钥匙

竟然能够

打开回忆的锁孔

2020.7.17

七夕：我在月光里拾到什么

今夜的月光，踩在碧津公园
七夕桥上
宁静如痴，吹来冷漠孤寂
以及
殉情的话题

搭好了没？鹊桥
偎依了吗？前世的牛郎织女
可否是
今生的我与她？
木槿香情不自禁
让我闻到深恋的清芬

没有举杯邀约
褪去惆怅对饮
只是想——
我在月光里拾到什么
满天星？万花筒
杏花笺？锦绣囊？玉如意
问候？祝福

风好摇，桥把我抬高
湖水如明镜
我对着天空喃喃自语——

海枯石烂

以身相许：无悔

2020.8.25

逍遥令

这个尘世，物体的小

撼不动存在的大

方寸之缸注定鱼的不辽阔

卑微得身不由己

如同水的苦涩

融入渲染的湖：只剩下

阴晴圆缺的一轮月

兀自逍遥游

顿时，枯萎的山盟海誓中

再也不见山的坚守，海的靠近

只有索性留下衰草、苔藓、冷风

挣扎着

摆布竹叶舟，仙棹短歌

白发飘飞，像我驾驭神话

活在人间

出其不备的反光里

2020.9.3

篆刻师的魔

一刀入石
刻下我的姓名
让人生二字少了无悔
再一刀
悲喜更迭

刀刀见痕
笔画落地有声
刻下沧海白云，我似乎
在想：可否
于落日边上
捺手印

落款时间
是某年某月某日
为我而镌
或是
为她，留下
一方惊奇

方寸之间，气象万千
试问——
是朱文长存
白文轮回

2020.9.9

生活片断（之一）

寒露与青草打趣
风在其中穿插舞姿
云悠悠，水悠悠
遐想悠悠
我们望天，望山峦，望见了
太阳最好的夕颜

而蝴蝶侧飞
彼此无语

2020.9.12

生活片断（之二）

每年的九月，满目茱萸
书写累累伤感，怀旧的诗篇
献给苍生
献给白云

我的诗，遍地花卉
只写给爱我的人
和我爱的人
尘世啊，请宽恕我吧
恕我把卑微的苍生称作上帝
恕我把仁慈的白云
视为神灵

每年九月，鬓边斜插茱萸
登高处，云想下来
我想迎候
是否还想：同饮一杯雄黄酒

2020.9.17

生活片断（之三）

诗歌加持

光加持，空气加持

水和蓝天加持

广袤的田野和细小的岛屿加持

加持得多了

数不胜数似牛毛，只惋惜

这些并不如繁星

要仔细推敲，留下余路——

儿孙，灵魂，来世

加持地，何处居？

2020.9.18

秋

八月至，金风吹
熟透的田野，一波一波
度时节
院落的四周
围满枇杷树，我是枝上
悬垂的金果
不约而至的时光
像告别家乡的孩子，又仿佛
南归候鸟
乡愁堆积额头

那是遇见的秋，散逸的秋
它钩住了春
吸引了夏
荷花尚在梦里开，蜻蜓已至诗中沓
泪水绕过漫天萧萧
喜滋滋地，迎候寒露清霜
我拾掇收获
放开想象，倚门而望
在心口等待，来年，秋
如约而至

2020.10.19

重庆之夜

一城灯火

满目高楼似神秘的星座拔地而起

璀璨四岸两线

解放碑、朝天门、江北嘴

如仙境金光弥漫

明亮的人，穿行于上坎下巷

随雾霭涌动

火锅飘香，众裙争俏

快乐来来往往

幸福熙熙攘攘，让我都挤不进去了

只好伫立桥头

看月色琉璃，重庆夜不眠

同友人一道遥望巴山

共话西窗烛

推波逐浪，笑不成言

2020.10.20

空灵之声

只有一个人独处时，他才是他自己。

——［英］蒙田

万物沉寂，我不坐禅修为

有一条路

在等待：临行时

慈母依依

针掉到地上的声音清晰可辨

而心跳

避开了雷霆

不眠的月夜，晴空无尘

我感受到浩瀚

静静展开

漂泊之路，没有驿站，只有冷风中

夹杂着哒哒的马蹄声

唯孤笛可寻

这跋涉有尽头么

这触摸

难道属于自己的皈依之地

万物沉寂

一个人初悟

玄妙之笔捅破空灵

深处
莲花盛开

2020.10.21

毁 灭

毁灭人类的
最终不是科学技术催生的
尖端武器
是恶，向恶的力量
世界的大花朵
一瓣一瓣地，在悲哀中
迎风凋残

2020.10.21

每每想起重庆的吊脚楼

一脚高

一脚低

行走在悬崖上的居所

浑身风雨飘摇

似踏入空壳层，心惊胆战

像构架把玩积木

看四柱撑起——

一柱是天，一柱是地

一柱是闪电雷鸣，梦也难安稳

一柱是眺望远

引出回忆深，中间，隔了无数层地狱

哦！我的童年，在这里住过

另一番知味知觉

并非一个人的沧桑

至今，暗得忘了，只对天堂细说

缓缓到来的蓝

2020.10.22

忏悔把我的一生磨平

忏悔，磨平了我的一生

第一次，母亲

因为我呱呱坠地，放弃车水马龙

摇醒宁静乡村

第二次，为了儿子

收获百分

猫和老鼠般地耗着，怒目对视

第三次

爱，与被爱，善与恶，名与利

忆与失忆

哦！熬到白发都缠绕树桩了

忏悔吧——

皎首月，愧对的清辉

望子成龙，愧对的怒火

那乡愁般升起的袅袅炊烟

故土上，秋风扫落叶

剩下寸草心

喔！忏悔，忏悔，忏悔

在忏悔中醒悟，在忏悔中感恩

人生岂止这三次

2020.10.23

满是月光

满是月光
从天上来，从梦中来
从院边的槐花来
从她来

再现一树梨花压海棠的回忆
映亮着她
春雪般冷艳，我微笑
露出了诗句的
白牙齿

引出月下饮茶
杯中浸泡的不是沧海水
而是慢品细啜
出花蕊
闲情沉浮，觉出佳人似佳茗
她是诗
我若散文

还有月下看母亲
满头银发，一身素衣，坐在
一把古老的椅子上
怎么看，也看不出忧伤

像个典故
圣洁如初

满是月光
宁静夜，游子心，天，地
茶，水
一半是遥远的梦，一半是
透明的喜

2020.10.25

高原魂

你的魂，似天高
而浩荡

藏有金戈铁马，冰雪撞击
风暴回旋
雄心壮志，宏略大韬，吸即霓虹
呼即雷霆
挥戟处，忧伤也铿锵

谈什么风雨
说什么狐兔，抬眼一扫
多少凯歌来
失败，纷纷奔逃

我是你的壮烈
灵魂的部分，枪剑的再造
守护在高原
日为太阳，夜为月亮，将边陲
寸寸照耀

喝命风的这一刀，砍过去
不偏不倚
刚好切下大漠风中
多出的狼嚎

此声有毒，皑皑白雪，毫不留情
将其埋藏

我怎敢离开你——
离开你
即是死亡，即便活着，也是
行尸走肉：你是我的护体
也是我的铠甲

高原魂，唯有你
高而浩荡

2020.10.25

川剧变脸

变！真快！侧身瞬间
甩袖的须臾
四百四十八年
从明朝，刹那，变到今天

看红脸变黑脸
白脸变花脸，善脸变凶脸
面面不同
面面相觑，幻化如文章
如青史，如闪电

看细节，看装扮
看庙堂搭起戏台，历代人物显现
神仙也混迹其中
改头换相
快看快听：诸腔汇，酒肆开，街坊来

十四种花里胡哨
怪诞狰狞地转换，千百种颜料绘就
亿万秘方成验
只有一个目的，让乏味的
生活——
增色，添彩

变！真快！台上变
台下变
神话投胎，传说留种，管它个
是金体玉首，或是
蓬头垢面

2020.10.26

地铁鸳鸯站

一声铃响，进入警戒线

试图改变又无力拒绝

犹豫中间

攒动的人影，倾潮而至，为生计奔波

为阳光不辞早晚

坐着的捂嘴食糕点，埋头的展书卷

耳机串联天外

加入歪歪扭扭的身段

如浮世，如梦幻

像高潮时惊呼，冷却后的忧伤

曾经路过的恨，爱

兴奋和倦意

或踌躇满怀

或失落恰似打错牌

东向送达江北国际机场

西行，摇头摆尾越桥穿洞

掠雾霾

感谢"鸳鸯"传情，感谢前方

仿佛会有萌动在等待

可以迎娶春天

2020.10.26

喊两声

母亲年近八十三
可怜偏瘫，一蹶不起
二十年轮椅，让晴空塌下来

昨晚，大半夜的
摸住我的梦乡说——
我实在痛得难忍了，想喊两声
喊阎王爷，但怕闹醒地狱，惊动邻居
我又想哭，但没有哭出泪来
唯恐破坏儿孙运气
喊老天爷，它像聋了，不回应
但确信看见一头牛
驮着一个人
笨手笨脚地过了滚水凼，就累得气喘吁吁
恍如年轻时的样子
抑或不像，只是赶路
没有发出任何声音

这一声喊，身上的骨头
嘎嘎地裂
这喊两声，我的泪水如血珠，一滴一惊
一滴一碎

2020.10.28

苦　瓜

苦瓜，瓜的苦

有一种耐人寻味

时时保持垂吊状态，叶片

不疏不密

茎，藤，前世今生

密结，厮缠

用韧性依竿，撑住这个夏天

热爱光的照耀

那白，那玉

那润色，虽然美极

但仍然藏苦

哦，苦瓜

你若不苦，还叫什么苦瓜呢

因为苦，我才

用你为诗歌清热解毒

为生命

生津止渴

为自己

悟甜

2020.10.31

告　白

这世间，最长的告白
除却光阴
只剩下爱，与被爱

银河，没有左右岸
天空若书页
为欢聚，为团圆，为盛筵，枉自
飒飒地，翻

2020.11.1

萤火虫

忽高忽低的梦

倏明倏暗的灯

夜色深寂，透空而来的悠闲

曾照过苦读

照过青冢

以微弱之躯映衬巨大的悲喜

一闪，一灭

恍若，明与暗

错与对

若即若离，时近时远

时远时近

啊，童心梦，像萤火虫

一闪，一闪

就是大半辈子

2020.11.1

登 山

爬，再爬，再爬

不停地爬呀爬，像一只蚂蚁

向往庞大

我用手扼住悬崖，步步枯藤勒心

汗滴打响野花

脚下的坠石，稍不留神，就会

拖拽壮志垮塌

天空够朋友，抛出暖色

激励我：尘世如彩带拴腰上，非静即荡

巍峨的难题，以低向高

立定群巅——

风流过目

落日如盘，长河似线

猛一颤，此地有天籁：歌矗立

鹰不按下长啸键

2020.11.6

月上眉梢

月上眉梢
正是嘴角带笑

眨眼的时候
你靠我太近

思念的时候
你距我太远

你的秀发飘起
我的泪水浸湿你的脸庞

如重逢好看
比目光更绵

2020.11.8

生活片断（之四）

桑叶铺满田埂的日子
风频临
麦穗熟，枇杷黄，山院香
我陡生欢心
把自己摆放在夏的面前
瞬间，炎热顿消
浑身清凉

2020.11.12

冬

大地的调色板，怪怪地
一片满目荒凉
又自带忧伤

我在近处冷着
恰似倒春寒
冻桐花

你为何将画笔收起
不辞而别
去了远方

我在冰雪里，想同你
聊聊与热烈有关的话题

不知许否
你爱不爱听

2020.11.14

酒　辞

酒是神仙，除了飘渺

偶尔想入非非

神仙是酒

把酒一盅，不问苍生，不问黎明

也懒得试问唐朝的李太白

倘若去遇了，去醉了

辜负的岂止三百杯，还有一轮明月

千盏繁星

花眼余烬间，万物朦胧，白得彻底

黑，神态干净

白要黑

或是黑要白？抑或

黑白颠倒

黑白不分？伸手

湮没十指

一饮而尽，如同我们催促

夜色

趁兴致，诗意横飞

挫败悲壮、怜惜、消沉

说胡话，流涕泗

来一场偎依
真真假假，假假真真的
醉生梦死

2020.11.15

三峡纤夫

雄奇险峻的峡江峭壁，养育出三峡鬼门关里刨食、锋刃上讨生活的纤夫，他们自20世纪初始，80年代末湮没。

——题记

水是血脉

在三峡畔，水码头

开埠，货物量足，客来商往

木船就成为活着的神龛

敞开纤夫心扉

匍伏般弓身

脚蹬石头，手刨沙

沿江岸崎岖路，撑篙

运黎明，撵星星

雷电做成的粗大纤绳勒进背脊

如残阳，红一块

青一块

——他们对着天边像对着血色黄昏

笑得沉醉，仿佛降伏了

逆吹的风，扑面的雨

拉走一年年的船

一代代的累

倒在纤道，埋入回忆

他们侧身在梦里

用豆大的汗珠拓宽峡江，用震天号子

抬举的香，回应滔天浪劈

2020.11.20

阳台看花

看露滴
看花中晴蕊如何含苞待放
看蓝，看红
看清晨透香

看阳台虽小，花儿艳，花儿多
看艳得斑斓，多得绚丽
看蜜蜂有歌声，蝴蝶带好风
看我和花儿对视
看花语打趣

看四季循环而往事难卷叶
看悼花弹泪
看因凋零而唏嘘
看花鲜灵的前世
看不死
看重生

2020.11.21

搬新房

搬搬搬，搬的是今天
换的是昨天
新门新窗，新床新罩，新衣柜
新灯具，新厨房……
新分体式居住
新跃层式欢跃，新感叹式抒情
新花样式齐唱
哎！她的娇容惊艳新镜面
我的白发掉进新浴缸
新到眼花缭乱时
门前，喜鹊在枝上，对着我呼唤——
"记住，得到新幸福，千万
不要忘了旧时光！"

2020.11.22

西出阳关

西出阳关
正好阳光当道，关色示好
雾霾收纳长亭外
飞身
下马，斟
且邀约那个把酒当歌的王昌龄
喝上一程

这一程，注定
悲喜交加电闪雷鸣，鞭指戈壁
额触雪山，衣带夜雨
虽不运筹帷幄
铿锵然，却说出了
我对西域漂泊的磅礴意境
大爱无垠

这一程，追忆湮灭的族祖
荒废的隋唐
屯兵百万，金戈铁马
也奈何不了
纵横干涸的湖泊和河流
风沙掩埋貔貅
铁鹰高悬，剑戟无法征服

空有浩叹跌破

这一程，沿丝绸之路
历心灵长途
驼铃响过无数废了的烽火礅
我把利器
变作纸刀，站在
被称作阳关的古董滩
看茫茫大海
消落沉沦

西出阳关
已是喝过千杯万盏，一壶酩酊之后
醉眼看天
我再走，就是，满含
悲壮史事的玉门
就是灿灿然
落日边，箫声引故人

2020.11.28

银杏叶黄时

金风它不吹铁
只吹银杏叶，叶子似蝶
飘舞，下坠
惹得我，也飒飒作响

表情带霜
词语又冷又凉

银杏叶在落
落满了公园，落累了蒂
一片片
如同诗页，每页写满了字
每个字，带疼

一张白纸
被银杏叶填满，金光闪闪

银杏叶还在落
我不由自主地跟着落
我不知道
为什么落？但我明白：秋天来了
浅冬，已在暗暗渗入

独立，爱在成双来

情不孤单
心上依旧铺有一条灿烂的路

哦！银杏叶黄时
一个季节，改变了我
诗句已成银杏果——

那段往事
与金黄有关

2020.11.29

机场路

怀念一个人，记住一棵树
怀念一棵树，记住一段路
树死了，人挪活
叶黄了
季节认错，就像驶入
通往天空的机场路
风疾如闪电，壮思如银鹰
知否知否
车辆恐高，飞机恐低，乘客恐坠
我在慨叹——
云有云的专用道
风有风的独木桥，而我，记牢
树死了，人挪活
路挪宽
心上长翅膀，深深地，爱上
机场路

2021.12.1

心　愿

先是想
想世间甜腻的事
和甜腻的世间
源源不断地传递着甜腻
将空间装饰得满满的
将时间塞得满满的，如同大蛋糕
又香又好看，诱惑味蕾

再又想
千万千万不能满满的
万万千千不能满满的，一满
我会被甜腻掉
一甜腻，更会被红舌头
白牙齿
瞬间舔化
就像池子满了，甜腻会涌出甜腻的鱼
也像肥胖症来了
我往哪儿逃

2020.12.1

心里装着四个字

爱

恨

情

仇

四个字，立在眼前

而我，总是

同幸运擦肩过

与失意视而不见

忘却了英雄美人，明枪暗箭

哦！那些

是贴上伪装的标签

待到入世太深

入景太深

入情太深

见与不见，散与不散

都不重要了

我的心里，不再记住

四个字——

喜

怒

哀

怨

2020.12.4

为诗而歌

一个字，冲上天空，并非

只为白云悠悠

一群词

奔流如江河，难道，仅仅

因滔滔与咆哮？

一条道，拥挤着诗人，旧的，新的

岂止为了赶路

它们与他们，齐声说：这是歌唱

还说：累了来此小憩

这里摆放有思想者的美酒

未来味的

人参和燕窝

2020.12.5

活着，一切安好

我在等待

一不小心，开放成玫瑰

献给荒诞

献给卑微

我在完成：于最后的地方

安放

身前准备好的墓碑

三鞠躬吧

悼念：前世，今生，云朵

再告慰自己——

活着

一切安好

2020.12.6

枪　手

抬高，抬高

定力重要

加压脑细胞进入膨胀状态

上膛顷刻卧倒

叭叭

靶心被击穿

寂静之地异常冷漠

如退膛的枪

耳畔

还有枪声的回响，而枪手如枪

无声

独立一旁

2020.12.7

所处状态

波光粼粼，粼粼波光
视角正对斜角
一根杆
垂涎三尺
而水，在对鱼们，深深浅浅地
悄声耳语——
千万留意，对有套路之举
切勿轻易上钩

2020.12.8

疑是抑郁症

行走原野，惶恐

唯怯失重

心忧着，风穿透大脑球体

有色的绿

放大的情，受到伤害

我为此蒙尘

羞愧

纵身上车吧，疾驶

担心弯道

把人扭得更弯，悬崖会让

生命飞坠

万山丛中，虎啸狼嚎

是不是

天籁如神

长期伏案，腰肩酸疼

可否

用云朵按摩，瀑布洗身，去除

杂草污腥

松弛时间与肉体

似乎，听到

医师回应——

刀子擅长外治表

砒霜适于内调理

乌鸦凤凰般歌唱，亲们莫名其妙

望着我漠视病床的眼神

疑是抑郁症

世间万花争艳

天堂地狱已难分清，苦闷五彩

恐慌十色

而我无暇顾及

对以上所述，我亦怀疑

疑，我病

疑，人类统统似我

患上抑郁症

2020.12.11

瓦津基公园

50年
5月到9月，周日下午
音乐会，钢琴独奏

闲坐斑驳的木椅
凝望高高穹顶裸露的金色光照
掠过如痴如醉的无数笑脸
浪漫地摇摆
飘逸，悠远，迷茫
激情澎湃的血脉偾张，而我
满面惆怅

黑键破黑夜
白键起黎明
音符雨，浸染灵魂
仿佛肖邦之于瓦津基公园
肖邦之于波兰
我之于
节拍器，旋律荡漾

其实我们从未相聚
其实我们年年相约，在思念中
在倾听里

2020.12.13

眼前的郎木寺

除了白白胖胖的雪
除了永远也捂不住的冷
峡谷与河流，寺院与信徒
缓缓移动

空灵，幽远如卢塞恩
山色形似僧帽
颇得梵天净土，虔诚多少
禅意几分

正月，晒佛
佛动了念头，太阳泼辣一地
再往后推
格桑花洒满季节

悬挂于
佛与自然之间的——完美呀

2020.12.20

两岔水库行

舟楫途中，雀鸟捧起水香
左与右
心跳抉择方向

两岸如诗两行
前与后
被云的追逐和遐思簇拥

何处在分岔？昨夜
今晨？而春风
只知道清点
绿波

2020.12.22

喝咖啡的女人

白色阳台，面海独坐
喝咖啡的女人，杯中盛着浪漫
恍如潮汐扑朔而不迷离
鸥鸟与爱
收眼底

品吧，摇晃的时光陈醇甘露
百味调人生
含化苦涩，润出甜蜜

喝咖啡的女人
并不是咖啡色，她凝望着远方
有一朵洁白的云
飘过来

2020.12.26

竞技场

一把利剑
向另一把利剑
疯狂地刺去

伤口冒烟
血溅非花，没有妥协的泪
只有拼搏的火

倒下的
不是对手，就是自己
非输，即赢

这里没有春风桃花
只有碎
或者，死

辩证法则？剑有魂
血有忆

2020.12.27

新年寄语

勿在意生老病死。生老病死
天书上释义：凡尘
勿在意平静的生活，养家糊口
酸甜苦辣串连幸福公约数
勿在意山盟海誓
爱是枕
情似被褥

我已超度楚汉，生一次，死一生
减轻球体承压痛苦
我当过学生，工人，解放军
坐公交，打篮球
读诗词，撰文稿，看浮云
赏积雪，怜落日
我发呆。愧对花花绿绿的世界

理性战胜感性
健康大过江山
知味知乐
从头至末，从头再来

2021.1.1

春 思

是季节更迭，还是花簇齐鸣
复苏的春天似雏燕
引我呢喃

携手旅行
迎山水怡乐，抛忧伤于云间
看她如好花
伴她不是梦，而是
我的——春

芳菲绿茵茵，满坡风粼粼
撩逗花穗
她飞扬的秀发如柳丝
我有飘逸

躺在和煦草地
倚着她，我暗自思忖——
春光似剪刀
修整着一树玫瑰

2021.1.2

稻谷，亲爱的

丰收节上，我捧着它
一穗，亲爱的
它无语，固执如常地闪光
像饱满的爱
温润的雨

一如既往地裸露金黄
它的小躯体
紧挨着密密的新伙伴，让我的凝视
稻香四溢

取一粒咀嚼
像汗水的咸味，莲荷的清香
还有微风掀出的
丝丝心酸味

于是，想起了初夏拔节
深情灌浆
欢乐扬花——
在清醒的梦幻中，我把期许暗喻
成了稻穗

比阳光谦逊，比蛙声细硬
我写大米时

不知不觉，也带上了粥的稠和静
真想喂一匙给秋风
作为酬谢

亲爱的稻谷，丰收节上
金黄在滚动
我一次次
把你吟诵，把你和生命联系在一起
如同圆满到来
喜悦的眼眶衔着泪滴

2021.1.3

三亚的冬天

这里因馈赠热带海洋气候
一夜成名
四季两大奇观
人，候鸟
千里飞奔
诱惑蓝

这里的冬天，随五指山脉着夏衫
等心爱的人
如同在
一望无际的海滩，等
一艘船

不去想人来不来
船来不来
甚至不知道还将有何等待

这里的冬天欢快如舞蹈
我们相约
摘太阳

2021.1.9

照镜子

照世间
脱逃了隐藏的妖

照喜忧，它俩常常
浮于表面

照室内，四壁雪白
唯灯有点黑

照窗外，鸟声参差不齐
鲜花开得不乱

照相框，里面的人物宁静
记忆闹着要挤出来

照白猫，坐在木椅子上
像团雪白的谜

照双人床
显得孤单

照对面的大镜子
两面哈哈

照我时，依然
手执小圆镜

照去照来，左看右看
叹一声还是自己

2021.1.10

看一粒种子如何光辉

雨露渗下去，情怀渗下去
饱含人间的那份心愿
也渗下去

太阳跳起来了
鸟儿不动声色
一粒种子，毫无顾忌地膨胀

长成椭圆形，长出光芒
带着金色的壳
如她饱满在我的面前，摆放在
秋的掌心

丰满了我的欣喜，麦地
灿烂如面

2021.1.15

妙　用

树挪死，人挪活

木匠的妙用是活着的时候

将死了的树挪活

挪活成器皿，说话，装香稻

挪活成妩媚

珍藏，锦绣衣

得意的笑声

挪活成书桌，写作，在上面

阅读江山，抹去风云

挪活啊挪活

这妙用

像我家乡的木匠

把挪活的树，锯刨，制作种种奇迹

同时，再挖空心思地种树

再挪活

2021.1.16

我的耳病如何是好

类似火蝉，昼夜嚣叫
叫得我心乱如麻，扎满灼热的针
嗝嗝！也好
可以扰乱闲言碎语，少了飞短流长
也好，这类耳病，应该
时不时，出现几次
何必，痊愈

2021.1.17

小时候，一块凉板搭空坝

小时候，一块凉板搭空坝

坐上去，躺下来

降温，解闷，与星星嘎啦

有主题，有月

有稚趣的烂漫

有排排坐吃果果

有风筝、丝线和放飞的牵挂

有青蛙想

带着叫声跳上来

百笑盈盈

眼睛睁大，傻乎乎地眺望

透穿天涯

触手可及的银河哟，有幻想

一颗一颗掉落

从此，我的心底

满了神话

2021.1.18

切一块时间片断

切一块时间片断，分拨开

其中有忙碌的分秒

雷霆抑止，细雨如烟

杨柳春意，红引路，绿随后

无花果献出花朵

天蓝得湮没孤独，云白得好似思念

风在喊：花园快移过来

水也一起

闪烁

就是看不见癌细胞，骨折

——透过时间片断

看见的是谜面

是咫尺，是时间退后

我正向前

2021.1.19

长岭幽祀

长长的岭，似积木式拼接

条条块块，山色

瀑影，鸟翅

让对映的一片，比年前

多出皱褶

少了红，少了黄，少了光

山坪塘增加一口

房屋似记忆倒塌半倾

加码的土堆堆，又隆起几处青冢

沿山坳望去，夔门失语

江水受制压抑，哭声一泻千里

留下单身汉，妇道人家

七老八十，和孩子们相依，抱一个

背一个，牵一群

据说是隔代亲，要么孙儿

要么外孙女，不知道

母亲都去了哪？童年含着苦闷剂

其实，从这里丈量

还是那片天

甭管南下广州、深圳，都乡愁依依

只是各有各的活法

同我此时的祭祀类似：她自浙江迁徙来

也是离乡背井

只是人与人有高矮，哀有百样异

开处方的医生错划一笔

疑错失生机

现在，我来喊她

异乡异客！再隔几代，谁还

站在长岭凼，呼唤名字

大寒，悲泣在路上

风随我影

冻僵的手，焚烧纸糊的花衬衣

条纹裙，丝围巾

这些是她最喜爱的而她又回来了

扎着马尾辫，说话细声

再细声！仍是往昔的美，丢却

多余的冷

别总是惦记前世的好

小棉袄，各有各的命，我只留下

哀婉的长岭凼祀

2021.1.20

我对鲜花充满向往

我对鲜花充满向往，像回眸
季节的赤诚
向往她的含苞欲滴
后来，她成为
我的春天，我变作她的雨露
我们一同向往绽放
而今，她开败了，落英
飘撒广袤田野
回忆中，我依然把她当作鲜花
我知道此生方短
来世不远
但在芬芳面前，始终是春天
是她笑靥如花
是我看花多欢颜
噢！即便冬天来了，大风雪中
我和她，既是
鲜花想念我们，也是我们
向往鲜花

2021.1.21

瓦尔登湖

澈知秋。瓦尔登湖——
天空明净
勾曙红，涂海蓝
直抵素与简

滞留。光与影，照这面
那片。照一种自然主义精神
不时沉思如玻璃
不时黯然神伤似闷石。向森林表白
虚，实，有，无

一间小木屋。灵动的风
装饰遐想
轻轻吹拂梭罗。把城市的喧嚣吹远
白色的雪雁落下
像宁静

彼此充溢着，山水
凋零前的绚烂。鸟鸣啾啾
落日无边

——我的此生，是多么地
渴盼，拥有
一个瓦尔登湖

2021.1.23

走着走着，不见了

我的忧伤，随同跳跃的一首诗
一首歌，几页断章
几点残音
走着走着，不见了

我的履历
如同装满风雨的旧陶罐
装过基础教育、通识教育……
走着走着，不见了

它装不了我的生活，我的
喜怒哀乐
以及蝙蝠般逆风抗争的折磨
我在灰雾中
走着走着，不见了

还好，我为昨天留有余地
并请今天加力昨天
还好，我把空间足足留给了明天
在此晴空丽日下
我走着走着
就不会，不见了

2021.1.24

怨

怨夜悄悄飘落于脚尖

怨雨滴滴敲打生苔的地面

怨月坠入有缺口的思念

怨季节少了自拔

助长风，雪

倒腾江河循环，春暖又花开

从此，世间

再无可怨

2021.2.6

他为一个苹果做梦

乔布斯
为一个苹果做梦

这个疯子
这个硅谷王子
这个乔帮主

他终生为一个苹果做梦
把一个苹果
做成巨大的地球形象

他尊重意识如苹果
运用意识的极简思维和爱的
通透
植入智能基因

这些，苹果树的灵魂
枝丫
让苹果飞天

他的灵感源于安静
揭开纷扰的外衣
看到一棵屹立不倒的苹果树

一个时代的传奇
天赐的英才
精神遗产的苹果香气

他永远做梦
永远梦见一个苹果

2021.2.7

我想好了

我想好了，我要和春风相拥
和心爱的人一起缠绵
和诗歌一道闪光
和鸟儿一同鸣叫，和阳光一样朗照
这样就好了
我咀嚼忧伤，感谢美好
我成全了
自己的夙愿——
生得卑微
卒于高尚

2021.2.13

倘若重逢

倘若重逢，我一定吻你
娇嫩细润的花瓣
带着忧伤
带着红尘

倘若重逢，我一定拥抱你
素发青衫
交相映照，只要
得到你的微笑
我就骄傲

倘若重逢，决不再分离
我将把你
种成门前的一棵樱桃树，而我
就是天堂鸟，天天
缠绕你飞鸣

和着扑扑舞姿，袅袅歌音
和着迎风抖落的乡土
直到日落，月浮
晨光陶醉

2021.2.14

吃

吃稀饭，面食

糕点

吃五谷中我最爱的玉米

吃海参、鲍鱼

河虾

吃不知天高地厚的蓝，飘逸的空气

吃文字，咀嚼诗句

透心透魂

吃花朵鲜艳肠胃，俨然一个花花公子

吃星斗，像啃天上闪光的骨头

吃梦，梦总是吃不完

嗨嗨！白天吃，夜晚吃

站着的时候吃

躺着的时候吃，活着一天

就无所忌惮地吃啊

吃完了我所剩无几的风云

一生的奇迹

2021.2.14

还是……

还是太阳怯步的地方

必有潮湿阴暗

还是岁月静好，必有负重的马匹

还是追求远大，必有

背井离乡

还是真挚的泪水，必有深情的牵挂

还是完整的春天

必有落花

还是铺满黄昏的桌子，必有

书，印笺

沉思

2021.2.19

一个人

一个人的路途充满遐想
一个人苦于自己的天天跋涉

一个人用猫眼看雾
一个人用虎步前行

一个人少年痴狂敢惹雷暴
一个人英雄垂暮惧怕死亡的剑光

一个人将挫折、苦难全部收揽
一个人仅面花而笑

世间风险太大
一个人必须谨慎

2021.2.20

回忆旧事二三章

旧事像钥匙，锈了
从记忆中滑落，不知掉在哪里
回到故地
临风季，自然掀开二三章——
弹弹珠，滚铁环，拍糖纸
哥们的真，千金难买
跳皮筋儿
如同欢乐尝试弹性
既有规则，节拍，左冲右突
又量力而行，适可而止
同她青梅竹马
拥抱幻想似无忌
时光虽远，而我在近处
拾起赤子之心
哈哈，天顺人意
抽屉的角落储存故事
我大展笑颜
赶紧除斑，涂油，跑老宅子前
将童年的钥匙
插进回忆的锁孔

2021.2.21

在二月的春风里

惊蛰过后
春雷如约随行

在二月的春风里，告别冰雪
放出蛰虫
不再听多舛的声音
看柳叶
又被片片剪辑

清新与悠闲，浮于草木
离别与重逢，笑看新衣，泪听风语
莺有小歌细啼，我有
喜泪慢滴

只有苦苦挂牵
才会有爱意和诗句，依次含苞
才有如期而至的燕子
以及她的惠临

原谅自己，误了那么多的时光
拥抱自己，如同
拥抱春天，在这二月似春风
只迷恋人间
不求繁花似锦

2021.2.26

梦呓：话天命

关于天命的答题
谁能
赠阅秘籍

风吹起，沉下去
命长一轮，人短一时，如此循环
我仅仅是
其中的一朵落花么

一棵古松站在悬崖，它是否
知天命？或是
听天由命？一只苍鹰
盘旋其上
是命高，或是命低

为何有命长命短？命富命贫
有命格属于英雄
有命根附于懦夫？难道真个
命由天定？命归黄泉
也在冥冥中

命大如天
命小似蚁，命好命坏，命来命去
命生命灭，皆是数

何来秘籍？何来答疑
我既认命，又不认命
我就是我
一个顶天立地的人

2021.2.27

滑 过

童年的梦幻滑过
少年的天籁滑过
青年的壮志滑过
晚年的夕阳滑过
总有滑不过的，如遗落的残缺
还得留在人间
挂风中蹉跎

2021.2.28

窗台小记

方寸之地
可养鸿鹄之志？

前方：路途来回奔忙
左翼：苏醒的商场兜售欢乐和时光
右面博物馆，历史挂在墙头
窗台上，优昙一现

花欲静而风不止。风变幻
人独守宁静
一对蝴蝶，依然飞得
东偏西倒

小小窗台，阔不过春天
却比眼睛大多了

2021.3.1

身后的风重返人间

有物阻挡前行
有风飕飕进位，像冬天的冷
悄悄重返

错失夜的更替
像行拳中的暮色，一切往事
如醉汉未了情

轻轻地拂尘，有云游过梦境
有山峰随波倒立
情谊变卦，漫不经心

愈来愈近
是我身后的风，重返人间
驱散酒意
换来清醒

2021.3.5

《书·盘庚上》示

上天主宰之下的命运
我的命运跟着转
但谁在主宰上天的命运
谁在其下行
君权可以神授,但谁来授神
如果我是神,哈哈
我会买断烟火
再买断灵魂,把它们统统
退还红尘

2021.3.6

想父亲

想父亲，风已白发
泪水飞

想儿时，我比他矮
渐渐地同他平肩，但仰望
还在仰望
我仅配作他的呼吸，微笑
衣角上，小小的春意

想入伍时，他没来站台送行
但我眼里依然有他露营的阵地闪光
像威武的身躯
我暗暗发誓——
放心吧，你的枪就是我的枪

想月夜，父亲临窗撰写
文字频频暮垂时分
折断的胡须，落在纸上，铿锵有声
形在外，根在内，传给我
重墨笔

想父亲，想父亲
荡漾鞭子抽出去，又弹回来的爱
想到刻骨时
我用小楷，写他如写座右铭

2021.3.7

恰似人面桃花

桃之夭夭，灼灼其华。
　　——《诗经》

　　　　素妆嫣红，涂抹脸颊
　　　　楚楚示羞？似人面桃花，粉红时辰
　　　　与我相逢

　　　　深情不语，至酣处
　　　　姗姗举步
　　　　婉约、轻灵，芳菲，高挑的玉女
　　　　学燕子，仿柳条
　　　　曼妙轻舞

　　　　蕊，吐露清芬
　　　　瓣，多情藏锦
　　　　恰似宋词写意，风月有情
　　　　水洗莲清
　　　　暗销魂

　　　　我的横箫，她的长袖
　　　　踩准节点，次第开放，旖旎
　　　　春风十里
　　　　揽我入诗行

　　　　怎个，了得
　　　　凡尘纠缠？花心流连，艳褪爱怨

识人面，识花面
可知前世今缘，要用掉
多少嗟叹

2021.3.7

西夏祭

假如荒漠长成心，封土堆成故人
花儿长成一季谢
再开一季——千缸万瓮枸杞酒
多么的新和醉
江山多情，战台垒高
战事洞穿如残旌
1205年擂响的战鼓
掩埋王陵、宫殿、器物、语言
物以喜，物以悲
我为痛苦加冕，我持彩练失色
王妃身，皇族魂
如同我拾起的字符，挥手一撒
漫天魂灵，鹰鸦可分
干戈撞鸣的千年西夏啊
神秘的国度，为何
让我眼里夹杂风沙，而视阅不清
割天看血，剖日而出的灿烂
如同马群
不忘挣脱，不记驰奔
中华唯一缺失编撰正史的古王朝
沉寂泛沙砾
长成的银川博物馆
少了讲解，多了探寻
此际，胡杨发芽

湖草新绿，余霞铁红，我站立陵前

如哀，如悼，如祭

2021.3.12

开车的感觉

不像山鬼子骑虎

不是细雨骑驴去剑门

而是开车

起止间，辽远的天南地北

飕飕地，往后退

两边的山水像梦在飞

我似乎，一秒

就可以超越前人，再一秒

就能够

赶上黎明

2021.3.13

勿忘我

勿忘我，你一边开花
一边听我说话吧

大半生，走走停停
黏一路风尘
谈青春年少崇拜偶像的痴迷
谈玫瑰失约的孤独凋败
谈我还不等于零

谈天空为什么多数时间空着
谈山既在阻碍又在让开
谈水最香时没有波纹
谈虚伪的花盛开
在什么季节

谈小鸟变成大鹏
谈风云突变我们的心站得很稳
谈千年回顾只在瞬间
谈花有幻想
梦有远景

谈着，谈着，就过了大半生
谈来，谈去
都是问题而又不是问题

唉！除了世间和人生
我们还谈点啥呢

勿忘我，你一边听我说话
一边开花吧

2021.3.14

这一夜，库尔勒

这一夜，在库尔勒
我们捏住九月梨，像捏住西域
绝版的话题
捏住酥脆物之形，我们谈论孔融
谈论意识与行为
谈论最后是月不可缺，梨不可剖
兄弟不可分

我们谈论戈壁和湖泊
谈论天山童姥巧取雪莲
谈论班超哀怨的饮马河畔少了胡笳
谈论博斯腾湖、铁门关
罗布泊，映日照月，忧患疏密有致
罩着繁星

我们谈论诗人驱逐沙尘的行踪
我们谈论摹仿孔雀开屏
我们谈论命运可否被大漠风篡改过
我们谈论这里的葡萄带甜
我们谈论今生是怎样
出的玉门

库尔勒，这一夜
风不怒吼，骆驼在梦中散步

我们谈论，谈论
好像要将半世纪的话语
一次性道尽

2021. 3. 16

祭纯粹的诗行

煮一壶老酒，诗遣返流浪
一行又一行
穿透凡尘时光，将我
扶起在万木春旁

生活的拐杖
甜蜜的爱人
想夜色，再想想诗行，纸阡陌
让我毫无顾忌地痴狂

想纯粹，纯粹已消亡
何来酷暑凉饮灌顶，遍野的忧伤
难以归于一朵花
虽然我有宁静，它有月光

在默诵里祭天祭祖
祭自己，祭文字的天苍苍
词语的野茫茫
暗伤，也带辉煌

呼酒再来，祭干净的诗歌
灌之以酩酊
更之以清醉，酒滴一行行
泪滴一行行

2021.3.20

悟《易经》

似芸芸众生叵测
避凶
趋吉

似万象寰宇
意识
与物质
轮回

满载诱惑的世间
总有
奢望
绝红尘

万物皆数，好一轮
阴阳鱼

2021.4.17

听　歌

一曲末了，心如夜沉寂

酸酸的，沙沙的

祈祷，忧伤，不安，冷漠

淡定，宽恕，悲悯

是忏悔？绝望？还是

救赎？是在为心灵疗伤

为欢乐招魂

音乐雨，沉重，再沉重

旋律展开羽翼，想覆盖什么

对圣洁的仰望？或者

哀伤的祝福？振作，亢奋，飞泪

金钱，权力，敬畏

哦！活去死来地唱，死去活来地吼

把虚妄的浪漫，涂鸦的天真

一起装进惆怅

装进失重的异乡

2021.4.24

世界好小

一念间，我想到哪儿就想到
哪儿，我还想到昨夜星辰，今日雨水
还想到早起的石桥，逝去的暮色
月光，繁星
心上，匆匆赶路的梦

我看到千疮百孔的恶
一群人掘
又一群人埋，他们想埋下太阳
埋下清晨

一念间，我想到哪儿
就是哪儿——
这世界好小，好大，而多数成为
空圈圈了

2021.4.26

雨 夜

谁在划破天空：魅的指甲
闪电之刃？梦中
触天而过的小小枝条？

以至于
足不出户的陋室
除了摸黑
也有神明，为我留白

谁在撬动惊雷
转移明晃晃的动荡之裂
赶走胆怯
瞬间，让夜空闭合美妙

复苏的晨啊
一束束嫩嫩的光，一声声
鸟鸣绽蕊
不再惊呼："诈我何苦？"

2021.4.27

读武侯祠

巍峨的圣殿，道尽千年繁华
大冢隆起，推演三国烽烟
江山社稷，西蜀楼阁
夕阳掩饰下的辉煌
人肃穆，松柏鞠躬尽瘁
衰风挽
横天长啸而后已

流逝的光阴总是竹篮打水，了无踪影
活一世，我也学草木发一季
学战鼓抡一锤

2021.5.1

给，昨夜今晨

时间老了，呈碎片状

光，跑得更快

或是人间老了，多少事，昙花一现

老得我枉自蹉跎

虚华弓腰，青春驼背

快乐，忧伤

皆为白发苍苍

老得对一切重新用年轻看待

保持临风不惧

常看花开

2021.5.2

伫立草堂，想起杜甫

想起繁华落尽，萧萧，寞寞
你行走在凄苦疲惫的沧浪秋风

想起低矮破败的茅屋，摇摇欲坠
漫漫长夜，颤抖的手

想起万里桥西侧正在蚕食晴空
百花潭北，花在泣哭

想起你颠沛流离，一脉斯文
怀揣千古诗歌和爱恨，昂首空自叹息

——草堂止不住忧伤
你牵一匹瘦马在唐朝反复彷徨

2021.5.3

今　生

一尾灿若花仙摇曳飘逸的鱼
荡去游来
忽远忽近，忽高忽低

一潭神秘莫测的水
春来秋去
忽浊忽清，忽冷忽暖

一山苍翠任由云烟变幻
身在其中
忽明忽暗，忽深忽浅

噫！谁静止：谁就
失去了今，愧对了生

2021.5.5

第三世界

月在第一世界，拴住繁星点点
风在第二世界，扫荡层林尽染
梦在第三世界——故乡
留下我的一声长，一声短
声声藏根，闪光

2021.5.6

跪在汶川

北京时间2008年5月12日14时28分4秒，在震中位于四川省阿坝藏族羌族自治州汶川县发生8.0级地震，造成69227人遇难、17923人失踪，受灾总人口达4625.6万人……

13年后，我来到汶川纪念馆，以诗记之。

这里只有无尽的救赎
这里超渡生灵

5•12，面对猝不及防的灾难
我用潸然的笔
写下悲怜的诗，一句句断肠的文字

心在泣血。泪水它不想用来痛哭
只用来洗刷我的迟到
自责，失语

祈祷，再祈祷，我愿身为香烛
对着废墟
对着殇的落日，对着还蒙在鼓里的天
跪下，虔诚如许

2021.5.12

孩子啊……

孩子啊，我时常站在晨光中
想象你出生时的面庞
脸型像我，眼睛像母亲
嘴唇像在歌唱

孩子啊，我时常站在小树林边
想象你像其中的一棵
夜长三分，日长五寸，嫩绿，茁壮
准会成栋梁
看得我如雨露，点点，滴滴
默默地，浇灌

孩子啊，我时常站在校园旁
想象放学之际，我来接你
多么甜蜜
像路过杂食铺，情不自禁地
把你比喻成一颗糖

孩子啊，我时常站在阳台上
眺望机场
想象你正在高空飞翔
迫切地想见到你的祖国
就像白云眷恋蓝天一样

孩子啊孩子，我看见——
你迎着太阳
春风沐浴，步履矫健
懂得了自行成路
如何进退，怎样一往无前

2021.5.15

看

对看，看什么？怎样看
不易
实难

看山非山
看水非水
看物非物
看人，却是人
或是景

相由心生
有时
也心不由己，有时相在外
有时相在内
有时
相来了，却没有镜子

我们往往
只看到一个侧面
看到模糊，朦胧，梦幻
看到花开花落
看到
抖落的云烟

当真正，看到能辨真假时
真假，正在呆呆地
望着你哩

2021.5.16

石柱莼菜

在石柱，这个县的黄水

吃莼菜，我想

问问她：是什么味觉？纯雅

清新？嫩滑？清冽

这种佳肴

是有时蔬、好菌可比

有品性类似？哦！吸一级空气

吃上等莼菜

就会远避浊物，神清气朗

仙风飘飘——

我在想……

2021.5.16

换位思考

多一分醇美，少一分苦涩
多一分欢乐，少一分忧伤

苦涩多一分，醇美少一分
忧伤多一分，欢乐少一分

倘若如此，我们的生活
是一种可能？抑或万千种可能

2021.5.17

在梁平大坝

在梁平，我以双桂堂为殿
以竹帘画为生
以柚子橙为香，然后，转身
以平坝为友

平坝的坝真大
平坝的麦田真大，平坝的初夏真大
收麦子了哦
风弯腰，人弓身，千把镰刀
齐刷刷地响

响一遍，汗滴带麦味
响二遍，很想找颗麦粒尝一尝
响三遍，幺妹笑过来
嘻嘻地问——
"我的身上，有没有你想要的麦香！"

以双桂堂为佛
以竹帘画为美，柚子橙为梦
哎哎！我还要以平坝为娘
长成麦穗的模样

上面云轻
下面风正，稍远的塔不斜

好个梁平
撑开的平坝

2021.5.18

江河谣

岸有界，水无忌

摆一方河床

涤荡万年，多少过往成沙泥

左右径流，枯与涨

进与退，闲季节，去嚣张

跌宕时挤破惆怅，虚望皆泡沫

入海即方向

欢乐似飞珠溅玉

浇灌大地

哦嘿！面对波涛，我纵马横笛

驰骋歌谣

2021.5.18

莲花湖

你的爱如初夏
不在细雨纷飞，而在
心跳刹那
荷花静静绽放

一湖明媚，绿波微漾
采莲妹妹含笑盈盈，衣袂飘飘
她的莲蓬
花须知多少

你在退思
我在梦游，红蜻蜓吻向碧叶
那朵白荷花
请蓝色的风，去捎话
去水的深处
看她带孔成藕

初夏如同你的爱
细雨纷飞后，我不离去
陪着你数星星
像数怀念

2021.5.20

巴黎圣母院

我坐在天上
乘银鹰，从东到西，成为
一个
快速飞行的人

带着云朵降落
随着跑道把自己停稳，来到
巴黎圣母院

这里的风
接受过吹奏乐演练
这里的钟声
一旦响起，那重金属的撞击
会让整个巴黎城祈祷
包括塞纳河水

面前摆放着奇迹
哥特式风格，十字形平面布置建筑
冰冷的砖石木料，洋溢着
浪漫气息
此时，我是
一群白鸽盘旋的哨音

这里流传着，卡西莫多的爱情

明知不能去爱
却死死地爱
让爱，从不爱，显示出可爱
如同春风
默默地拂开玫瑰

街头，卖艺的
吉卜赛女郎爱斯米拉达
柔美的舞姿
舞动了传奇往事，圣母的祷告
在空气中阵阵起伏

管风琴激昂飘渺
真，善，美，在音符中闪闪发光
上帝与凡尘，卑微与高贵
并不分开抛撒
鲜花和露水

天空打开，银鹰接我返程
临别，我把奢望留给了
巴黎圣母院的钟声

2021.5.23

落　日

并非碗大的一块天

被刺破，山那边的小城，已不是

万丈红尘，美已孤寂

爱也残缺

归鸟倦，西风漫卷

落日摇摇欲坠，有人肝胆欲裂

2021.5.26

凝望千年之树

凝望千年之树

瞬间，我矮了下来

崖下的江水

奔流着苍翠而浩荡的松色

不闻鹧鸪啼

但见万壑空，有人

从树身取走树液，有人在枝丫

扳下雷霆

还有人，在树根

细细辨认盘根错节的先辈

更有人，崇拜和信奉

一念间

剩下我，独立崖上，于凝望时

两袖飘飘，飒然作响

醉入深秋

2021.5.28

对自贡说

在自贡，赏恐龙下蛋
仿佛岷江、沱江鹅卵石基因
受孕黑褐色方土
孵化出的满天喜悦
宠幸的贡井
仙气吞吐千年，结晶体闪烁
就连暗喻也知足显见
当然，倘遇幸福再降临
无须添油加醋
挥盐一撮
这里那里，也当人间范畴
淡不可，咸不可
多些调教，自然少了
无味的蹉跎

2021.6.2

御临河的夏天

粼光闪闪
诗也清凉，我最美的那一句
似游鱼翘尾

竹筏上的桃花
早如迟暮美人远去，今日的她
白纱裙上
印有一朵大荷花，我在花心
暗恋着，梦着

对岸滔滔不绝的竹涛声
一波见一波，仿佛千面竹扇
扇出失去炎势的朝廷
那个建文帝朱允炆的明史梦呢
那个夏天
御临过的这条河，以及悲怆
依旧被猿声啼鸣

七月，竹筏上载满的不只是风流
还有落花
还有前朝，销魂断梦的
逝水流年

2021.6.3

注　定

我们关注的天空

以及天空下的河流，河流边的群山

群山环绕的小村，小村中的百年兴废

兴废里的喜忧哀乐和白云苍狗

注定，是我们的命运

既是我们的时光循环，也是

我们的

最终黑夜

当然，最好是清晨

2021.6.4

闲 谈

闲谈：痛感，快感

灼烧，抚慰

种树与乘凉，赏荷与洗藕

苹果与石榴……

而今天

最想谈的是山居情怀

古人闲致，春溪边

于我的远眺、近视和冥想之中

有一朵云，莲花状，还在

古寺上的天空

来回浮动

草亭里，两位下棋的唐代人

正用棋子敲响自己

竹林下，抚琴的手，那么优美

一只豹，收缩利爪，忘却了

在起伏的群山上睡

忘却了，锯齿般的疼

风雪让野花的狂焰矮下三分

记忆的丛林

跑出羚羊，带着梧桐叶、三更雨飞奔

我在陶渊明的篱畔

开成金盏菊

满脑的风云成花草

诗句如清水

谈到一轮明月初升时

仰望已无残缺

2021.6.5

谈把玩

把玩瓷器，木器
青铜器

把玩字画，钱币，金石
一笔一画
一枚一锭，一铃一鉴，一吟一咏
连感叹也炉火纯青

手上有慧眼，有青眼，有法眼
明白年代，题款，审视
不把赝品搞真
不把真迹弄假

在把玩中，也可听风
观浪，闻箫
悠然乐然，风情无边
决不自欺欺人
戏弄人生

2021.6.6

谈人生

拥有的，达到的，实现的
和预期
如同水落石出

像树有正身，石有人形
云出倚岫
天空宠辱不惊

要么浑浊木讷，要么
洁净如玉

2021.6.7

在青海

穹的澄澈，倾入蓝
人如大写的天

爱上格尔木，兵站的事
爱上德令哈，花儿与少年的事
爱上玉树的低调
鹰的狂放不羁，是醉过三巡的事

如果有断肠时，我会
把青海抱起来，当作大酒瓮，举明月
挥惆怅
仰天狂欢

在青海，青在猛长
海在辽阔，我在歌，不哭

2021.6.10

隐秘之门

幸福和时光
藏匿于隐秘之门
在通往
茶马古道新滇藏线，期许中的
伊甸园，神们的吟唱
雪山的反光

问一声安，早早释放——
什么？幸福就是什么
梦，炊烟，鹰与蓝天，风与经幡
青稞酒
长江第一湾……俨然油画
涂在赤裸的异乡

在香格里拉，心似旅程
眼眶装满窗户
经轮转，经幡飞，我心虔诚
外界只是光
黑夜逃离，黎明
会来到面前

一脚踏进，再一脚出来时
隐秘之门
打开又闭合，幸好
我是金钥匙

2021.6.13

到西藏

牛角辫编织的八廓街

几朵白云跳出窗棂外，光泄露天机

我打飞的，从南方

为了却向往奔腾

一条江水破译经声

洁净如洗

捧起羊卓雍措，蓝把持荡漾

甜得像刚成熟的鲜

挂铃铛的风

总是绕着美好响

苍穹转啊转，转过日喀则，转过山南

又转回拉萨

牛角辫编织的八廓街，四面雪莲

众多朝圣者，虔诚地

匍匐在

布达拉宫前

——心安是升华的苦渡

心若安

2021.6.15

喜马拉雅风口

亘古如斯，吞吐风云

像一道门

被一把刀子划破山川，划破沉睡

凛冽透骨

那穿越时间的往返

那庞大的悲悯

挣扎于生命之河上：一只鹰

不！一尊神

漫不经心地舔着血，侵蚀，升高

随遇而逝

2021.6.21

过峡江

读《奉节县志》，补写40年代初的祀文。

——题记

一声号子

山就回应千响险峻

再喊一声，又回应万叠恶浪

第三声，第四声

鹰接着喊，号子又长一岁

再喊，再喊

夔门当关，残照如血，只剩下

堆砌骷髅的滟滪堆

2021.6.25

为鸟哭泣

梦中，我为鸟哭出声来

在深山

险峻之地的痛处

崖上的松

十指连心，真像我逝去的亲人

还在哼唱着

发黄的山歌，于贫瘠的风中

我听到鸟的哭声

但不知

我有它的几多泪滴

2021.6.25

缙云山月，一网收不尽嘉陵夜

雾霭像烟弹，透空竹栅

拨动黄葛尖相觑甚欢

摇曳在共青团花园，似有

彩蝶羽化成仙

怀一季香草清风，牵手缙云山月

断句的思念留给星河

将我的诗笺

送给西窗剪烛，傍松眠

相约李白、杜甫、陈子昂

来草亭子酩酊

吟啸，狮子峰头题斋号

携手梁实秋，点北碚豆花

喝绵长回甘的土坨酒，写意北温泉

数帆楼上数帆

直数到自己高悬桅杆，浪抬风舞

再行至澄江口，一网收不尽的嘉陵夜

漏掉的岂止皑皑白雪居高自傲

还有一梦雨弦

2021.6.27

星期一

这七天的故事
还得伊始

经历了　上午的爱
下午的恨

其间：一朵花开千年
一滴雨重十吨

循环的迷
梯形的忆

"一"的地平线上
站满太阳

一是夜晚
一是黎明

2021.7.5

为二立碑

从不想争夺一
更不愿踩踏三

喜欢一加一等于二
万里晴空
只有两朵缓缓对偶的云

还有春江芙蓉花并蒂
水暖时
两只鸭子最先知

一对恋人并行
一行鸳鸯双飞，孪生的爱
何须独立的怨

为二立碑
一与三，绝不反对

2021.7.6

高速路上

一闪而过
风拴不住时光

鸣笛，轰油门
前是长歌，后是短诗
中有慢语
两边景致呼呼后退，管它什么
滚滚红尘

郁闷离开，豪兴舒展
拉锯式对决
香氛，好吃狗，龙门阵
全在狂放不羁的时空中
飘飘然
吹走心烦意乱

停车，固定方向盘
谈笑间，已经跑出危险外
脑门这才转过弯：快有快的极限
慢有慢的悠闲

2021.7.9

在泾渭河岸

一道清，一道浊
大相径庭
爱憎分明

浊水，不能浣洗白衣
不能入饮
鸟雀的眼睛，决不噙浊泪

清水，无味
但性似明镜，可照日月肝胆
让心干干净净

我立誓：此生
不入浊流，钟爱清水
做一个澄明的人

2021.7.13

河 南

入华夏史——

《河图》《洛书》，道破天象的甲骨文

豫剧，长腔中蕴含的少林英气

仓颉正名

玄奘西行

筋道的面食引发帝王将相味蕾

醉生梦死的勇

千年了，挂在树梢的夜色

凝望人间一次，秦砖汉瓦

泪奔一回

开封城，城摞城

地下埋有几座城，一层盖一层……

我无声，如山静默

身在河南

而心在河西？河东？抑或

重庆之北

2021.7.22

致敬大白菜

我们的生活，追求什么方式呢——
原滋原味，古朴甘纯
如同这大白菜

藏着，裹着，层层的静
又一层一层地展开
好似素色帛衣，白玉纸页
让人忍痛剥离

满足时，小点沾沾自喜
只带几粒露珠
让我认识晶莹的品性
没有忐忑不安
自暴自弃

世间啊，不一样的！没有
情趣的人
食在嘴里，也会走味
有口味的事
烩炒，抑或汤饮，皆是佳肴

面对以洗耳恭听的姿势
铺摆在
市场的大白菜，我岂能平视
而是鞠躬致敬

2021.7.24

两种状态

一是亢奋，到达沸点
更像是热锅上团团转的蚂蚁
弹跳于五线谱
疲惫，焦幻，最后的渺茫
因刺激，而平静

二是蝴蝶阅花，安宁中的优美
慢慢地闻，如嗅阳光
细细地尝
如品雨露，高高低低，都是
对花园的信任
生前努力地折腾，身后
留下微粒

今世，识于此，乐于此
心在花园的蝴蝶
而不是
热锅上的蚂蚁

2021.7.25

梦醒时分

梦见被劫财
被劫名
被劫色
被劫健康，被劫夺玉虎白璧
似层层解剖肢体
吧嗒吧嗒地
咽下最后一口气

劫完了，梦醒
剩下的还是一个完整的我
而不是命运的余晖
诗歌的骨堆

2021.7.26

听老板娘广告时过其摊位

此为仙摊，余百件，款式多

货色靓，价低廉

虽然没有挂图片，但内里有××暗藏

风花雪月，日月怀胎

还有解纽环佩

脱衣琼树，玉观音，瓷菩萨

泥罗汉……

过客们，走着瞧，瞧着走

凭着直观看

凭着想象买，也许

你才是我想要的：我的神哟

我的仙！有人

听得目光发岔，两腿软

为什么？只为

灵魂走窍

2021.7.28

我活在自己快乐的泪光里

陡峭的云
悬崖的险，下降的脸
积泪的渊

当我重新审视我——
命运不及石壁上的百合花
只能算脚边苔藓
这无法摆脱的怪异处境
不是鹰对我的忽略
而是我的短视

不疑，我曾经尝试自弃
想象狼失腿
虎失啸声，是何等悲哀
愤怒的对峙？或者
遗恨的对比
峡开峡闭，已没戛然之音

像出错的山涧断了独木桥
失误的风
笼罩的是自己
我以妥协的姿态表达和解
而和解如梦

155

梦并不烟消云散

一念之差，竟成天壤
生活啊生活！你让我，活在
自己快乐的泪光里

2021.7.29

龙兴古镇

讲到现在
一直还在讲——

讲的元末明初，建文帝
听信谗言削藩
燕王朱棣以清君侧为名，挥师南下
追着落日
捉拿奔逃中的一国之君

事前，皇宫起火
朱允炆乔装僧侣，出逃至隆兴场
藏匿于小庙洞
追兵搜索至此，见洞门破损
满地尘灰，蛛网密织
遂释疑，逐西而去，那时
群山战栗
残阳如洗

多少年过去了
隆兴改名为龙兴，因为有一条龙
让一个古镇繁荣兴旺
从此，尘世醒，君王更多时候
与庶民同命

2021.8.2

白帝城：听刘皇叔的唏嘘声

叮嘱、凝视、叹息、懊悔

早已花落烟散

战车、盔甲、杀戮，退却后的

四面楚歌，八方涕零

疾病如同蛇纠缠，浑身乏劲

昔日所向披靡，洪钟般的号令

塌陷明良殿——

"若嗣子可辅，辅之；

如其不才，君可自取。"

——那是章武三年

江山社稷，中了成败的计

肉身侵蚀万岁

诸葛失却一孔之明

江山如梦

社稷似云

2021.8.4

长河村

绿梦广场下面一点点

银杏树连接航站楼，左侧

以农家乐的方式

激活了时令

曾经车水马龙，游客像在节日里

走亲串户

短溪成长河，荒草生异趣一派繁荣

而岁月辗转，假以蹉跎

往后，隔几处堡坎

间几幢屋宇

在机翼区长草，在净空区寂寞

声誉好似落叶败于秋风

恍如一夜暴富

又被风云变幻弄走形了的人

也像长河变短溪

溪中近干涸

2021.8.6

魔　术

我把年轮折叠，再打开
再折叠，我的年轮

我把天空放大，再缩小
再放大，我的天空

我把花园推送，再移回
再推送，我的花园

我把自己合拢，再分解
再合拢，我的自己

我把世界魔幻，再清晰
再魔幻，我的世界……

2021.8.7

三峡之巅

长江三峡，瞿塘居首
夔门打开，江水横流好似忘乎所以

诸葛亮摇白羽扇，观八阵图
捋须长啸，天呐——
风雷顶，群雄对峙桃子山
若等闲，怅怅然

扼要津，锁关钥
挡千军万马，拖长烽火之忆
但见战马驮日
残霞崎岖
喜出金戈望外

临暮，我如云下山，化入江涛
听浩叹千叠
把明月揣入衣袍，鸟声重
风湿襟

2021.8.8

写在新桥水库

新桥，新景
可念旧情

渡船成为摆设
何处能栖息

我想到湖那边看风景
可否有鸟翅愿借

或者让情思学一朵云
飘过去

风，桨，影，还有年轮
一起推

岸，越近
越怯

2021.8.9

吸烟的人

最后一个圈
把自己圈进去，圈外是阳光
圈内是坟堆
满地烟蒂，可是悔恨的余烬？

如瘾，如瘫
慰藉、生活方式与现实……时不时地
抗争，趁火打劫

灰色的健康
青色的光阴

有风，想点燃
吹熄，吹远
有人皱着眉头，留下一声
——嘘！

2021.8.12

生活片断（之五）

吃饭，心不在焉。笔似竹筷，墨当纸面
诗行融进斗大的碗。哎哟哟喂
办公室里有埋伏
餐桌承重。我中了午间的毒
我沉痛

2021.8.13

被夜色淹没

昨晚，我在梦中捉鬼

捉鬼：其实我还活生生地躺着

而鬼：却不甘寂寞

它搬来沧海水

和黑沉沉的夜色，要把我淹没

当梦被惊破

醒转时，我披着金红晨光

好似披着袈裟

满面慈悲

站立在沧海和夜色之上

2021.9.5

信步游

这里不适合唱信天游，但我
在信步游

前方，解放碑
繁华都市中心，到第十四响
钟声下，佳丽如织
让我难以止静

转身，入八一路
这里又名好吃街，我从小
是好吃嘴：吃了酸辣粉，又吃卤鸡爪
当还想吃什么时
天寒，冷风来，肚子凹
肠胃怪

踱进朝天门广场
已是灯火辉煌，我不亮都不行
尽管肺叶里
还藏有乌云，随着电梯
直达楼顶观景
俯览众人小，仰望星星，像些
银蚂蚁

降落了，还想回到解放碑

听第二十一响里

有没有我信步游的声音

2021.9.11

对 话

以前希望康复
我鼓励他
后来他希望在人间多活几年
我瞒着他
现在他希望把骨灰撒到雪山
我问海拔多少
他说：界山大坂半山腰
我喜欢的交界处，随便撒——
那里视域空旷
来世辽阔啊！我说：万一某天
你飘出边界了呢
他说：你这不是开玩笑吗？放心
我会把魂，放在我站岗放哨
钉子一样
钉得最牢靠的地方

2021.9.28

伤心地

错过的路途，错过的宿
昏灯无语，虫鸣，光秃秃的树枝寒清，暗香
缭绕，蜂拥蚁聚蛐蛐相依，洞开
一个世界两悲悯，一种声音两处听。伤心地，伤心

2021.9.29

圈 子

世间的大，大得五花八门

圈内人构建圈的锁

沧海无际

圈的风卷云舒，你争我夺

但另一个圈，村庄如桃源牛哞鸡啼

袅袅炊烟生，滚滚红尘落

笑声点醒溪水……

唉，两个圈，圈形相似

圈的苍生各异

可圈子转圈子，去路即来路

天，地，人，顺着时光一起走

悲喜同途

2021.10.2

诱 饵

群山之下，辽阔的湖水上
岂止八尺之竿
诱惑的空瓶子，如同
五彩金刚葫芦娃，装的是谜

当四野石头般寂静时，看到的
看不到的，疑团？危机？残花散漫
岚烟浅蓝，有香味可寻

一盏酒，慢慢地咂，细细地品
醉罢群星醉罢美丽，待到鹭鹭也酩酊
我们再去破陷阱

2021.10.3

虚　空

我爱过无数的人，像爱无数张笑脸
佛性般喜悦
我也恨过，被很多人
莫名其妙的恨，恨得张冠李戴

爱我的人，爱过随风而逝
恨我，树倒猢狲散
看见吗？荒秃秃的一片
俯身，倒影：倒在事物的正反两面

2021.10.4

别

别把人生拉扯橡皮筋似的

长了累呀

别把世事搅浑像河水

容不下鱼虾

别把乌云作白云，侮辱晴空

别把恶念当春风

胡乱吹拂

别把朋友当仇敌，误了情分

别把繁花摇曳

落得寂寞

别幻想把一厢情愿认成苹果

那样，核都得不到一颗

别把自己当神高供

矮了天下

嗨嗨！别来无恙？你我

难道，还有什么

没有别过

2021.10.5

173

给诗人

——兼 给 自 己

我问我，在人间。是否生活得虚拟

会增添诗意？因此成为

诗之天眼，诗之骄子

左手端酒杯

右手挥玫瑰，处处莺歌：看！庆文

在铺卷作纸

以江当砚，银笔书空

文字的玉龙翻飞

词语的桂冠加顶，四面婵娟，八方乐章

闪耀若夜幕下的繁星

须臾，我打道回府，重逢陈子昂

他还在登幽州台

而悲悯

泪水，好似沧海横流

洗却半生浮名

我一路追问海子

"面朝大海，春暖花开"

艳罢凋零，抑或是落魄的代名词？

压茬着荒谬诡异的意象

突破现实的憧憬

孕育，包装

像产品

经受岁月沉淀
无锈迹，散发出希望和勇气

当我置身雷雨中，已是闪电之光
已然波澜不惊

2021.10.12

祭 狗

邻居家的一只狗

英年早逝，主子在野处

为它寻了个

向阳的风水地

悄悄埋葬，此时树木安静，枯草生泪

落叶纸钱般纷飞

附近的狗，哭得似扩音

虽然没有设灵堂，没有定制棺材，甚至

没有鲜花果酒

更没有殡仪馆前送行的一幕

邻居的面庞

左颊是生，是天堂

右颊是死，是地狱

他因念念不忘这条狗的一生忠心

而蓦然独自拉长感慨——

活着喊累，累着

依然做梦，寒家的狗

身后也不欠苦

他弓身捡起一片石块

抛物线似的，扔向远处的山坡

2021.10.12

墓志铭

何止渺小！苍穹也不过如此

还好，尘世
腾出沙粒般大小的位置
留给了我

我把墓志铭刻上石碑——

天有恩，地有情
请白云
将我遗忘

2021.10.16

放下吧，痛苦的重

风来了，远古还远
而梦，沉降进现实，顺着扁舟

升起的敬畏，懂得俯首的崇高
也懂得流水的短长

一枝一叶，绿得像沉默，有时
又会碰撞愉悦

升起的憧憬，炊烟是乡愁的轮廓
这里有典故诞生，有五谷

鸟巢，云朵
一张一弛
时不地的吞吐光阴

宛若尘埃

痛苦重
自己轻

2021.10.18

后 记

　　《在有无之间》付梓之际，按照结集的常规做法，我得来点"前呼后应"。

　　赘述够多的了！为了节省时间、节省成本，择其重，只写两点掏心窝的话。

　　一是我的诗观。主张用现代主义的手法，冷静地强化自我内省，在弘扬人道光芒精神中，以独立的批判视角，真诚地构架人类之"形"。

　　我触动生活的温度是炽热的。这点，和我向善的诗歌、向善的人格一样毋庸置疑。

　　二是铭记恩典。真诚地叩谢80岁高龄的著名诗人华万里先生，中国诗歌学会常务副会长兼秘书长王山先生欣然为本书作序，我和我的诗集此刻正仰慕他们……

曾庆文

2022年2月28日于重庆